歌集

淡月

西尾芙美子

砂子屋書房

＊目次

Ⅰ　（二〇〇四年〜二〇〇六年）

V （二〇一四年～二〇一六年）

装本・倉本　修

歌集 淡月

I

（二〇〇四年～二〇〇六年）

退職後の日日

餌を待てる雀らとあふ職退ける日日の朝（あした）は心穏しき

鵯（ひよどり）の飛び去りゆきし竿揺れて冬の日満つる庭のひろがり

くれなゐの桃一枝が飾られて古家にも春の華やぐ時間

のどやかに竿売りの声流れくるほつこり春の日の射すま昼

母逝きて二十三年やうやうに母の姿見の処分を決めつ

ひび入りし母の姿見いま一度磨きをかけて処分せむとす

しつとりと雨含みたる黒土にクロッカスは黄のともしび点す

硝子器に色艶やかなさくらんぼ盛れば明るむ今朝の食卓

わが町

柿若葉きらめきそむる窓辺へと座卓を今朝は引きずりてくる

住み古りし町に小さき林一つ消されてマンションまた建つといふ

三十年馴染みの肉屋も閉店しスーパーにパックの肉買ひにゆく

直下降してきし紋白ひらひらとトマト畑の緑に消ゆる

倦怠を声に出だして言ひしあと真実つまらぬ気分になりぬ

人生にいささか疲れましたとふ賀状賜びたる従兄事故死す

トラックにはねられ意識なきままに従兄逝きしか声も出でこず

隣人の心荒るるか真夜中にボリューームあげたるラジカセの音

閉校式

ひたむきに勤め続けし学校の生徒募集が今年停止す

閉校式の案内が来ぬ幾とせを子を預けつつ勤め続けしや

定時制に勤めしころの生徒名一人残らず今に諳んず

生徒らと言ひ合ひもせり寄り添ひて力尽くしし学校消ゆる

学校がなくなる寂しさ卒業生だけではないと噛みしめてゐる

閉ざさるる学校惜しむ式典の最後は校歌の大合唱なる

もうこれで歌はれぬだらうこの校歌久松潜一作詞の校歌

閉校の式終へ帰る夜の道校歌の一節口つきて出づ

またしても閉校式とぞ勤めにし学校三校が次次消ゆる

わが過去の失せゆくにも似る思ひ勤めし学校また閉校す

なくならむあの学校の中庭の大き木蓮如何になりしか

天城・西穂高・雲取・秩父へ

橅の森は昨夜の雨に濡れゐたりさ緑の匂ひをむせるがに放つ　（天城）

大き洞抱ける橅の大木の梢に若芽の萌え出でてゐぬ

畏れつつ岩場を攀ぢり西穂高の頂上に今われは立ちたり　（西穂高）

きびしかる岩場と思はず登りたり西穂の頂に立ちて畏るる

頂の岩場の陰に顔見せておこじよがわれらを迎へてくれし

くりくりと黒き瞳を動かせるおこじよは西穂の山路を走る

やはらぎし薄日の射しくる雲取の山は古りたる木立がつづく　（雲取）

山菜の天ぷらと薪にて炊ける飯うましよ町に住みゐる者に

廃屋の目立つ秩父路は桃・桜・連翹いつせいに競ひ咲く春　（秩父）

沼覆ふ蓮の葉わたりてくる風はさらさらさらさらと髪をなぶらす

合掌の形に蕾は閉ぢゆきぬ午後の沼辺のはちすの花は

七月の雨

静かなる七月の雨七月に母葬りし日も雨降りてゐし

ひねもすを机に向きて正座せる夕べをよろつと立てば倒れつ

こちこちに固まりし体ほぐさんと深更の湯に音立てて入る

嘘つぽいと思ひつつ見る映像の熱血教師の立ち振る舞ひを

自信ある口調に物を言ふ友に相槌打ちつつ少し疲るる

勧誘の電話一本ありしのみ雨にこもれるひと日が過ぎぬ

とんと踏む足腰きまる舞ひ姿の川口二三子の艶(えん)なる姿態

静かなる終戦記念日蟬声のみ聞こゆる庭に草抜きてをり

枯れ葉

四つ辻に枯れ葉くるくる舞はしめてつむじ風は冬を楽しむごとし

葉の落つる疎林はまだら模様なし入りくる初冬の日射しはぬくし

一斉に枯れ葉空中に舞ひたつに見とれてゐたり信号待ちて

須臾のまに夕焼け消ゆる晩秋の畑中の路暮れ果つる路

くれなゐの色きはまりて梢よりひらひら柿の落ち葉は翔べる

しらしらと表面繕ひ上つ面を撫づる会話を続けきにしか

鈍色の雲低く垂るるわが町に入りてコートの衿かき合はす

雷鳴の轟きやまぬ部屋に座しわが閉塞感は砕かれてゆく

リヨン

日常の中のわづかな非日常十日を子の居るリヨンに過ぐす

何百年も人に踏まれし石畳続くリヨンのこの細き路地

レストラン続く通りを一つ越せばひつそりとせる中世があり

古き絵や壺を並ぶる暗き店石畳の道に沿ひて静けし

物饐えし匂ひ漂ふ裏通りリヨンに未だし春の日射しは

相抱くカップル並ぶ公園をフランスパンを抱へてよぎる

姿勢よく歩くフランスの人群れにまじりてわれも背筋をのばす

フランスの幼にじつと見詰めらるまぎれもあらずわれは東洋人

緑児

フランスに生まるる孫を抱かむと十五時間の空の旅する

ジェット機の下降してゆくその下にセーヌ見えきぬ黒光りして

ひろびろと豊けき大地日を受けて眼下のフランスに緑きらめく

午後八時未だ明るきリヨンの街飛行機雲が碧空を切る

ローヌ河のほとりの大き病院に生（あ）れし緑児日本の男（を）の児

いかならむ世を生きゆくやテロ・暴動続くこの夏緑児生れぬ

緑児に子の幼顔重ねつつ胸にしつかり抱きとめてをり

わが胸に今をねむれる緑児の体温ぬくしわが身とともに

これほどに優しき顔を持てる子か胸に緑児抱(いだ)きて笑まふ

子の妻の久美子はどつかり座りこむ豊かなる乳房むきだしにして

活発に手足をふりてのけぞりて緑児は嫌(いや)を主張しはじむ

膝の上に乗る緑児が目を凝らしわが顔を見る見えそめにしか

フランソワなるミドルネームをつけられし緑児生くる世平和なれかし

顔のあざ

異国にて新聞テレビ見ざる日日過ごして己れを取り戻したる

帰国すればたちまち雑事に追はれたる日日の続けりリヨンは遠し

ペンを持つ手の止まりたり今さらに何を拘るただ一つ事

メモしたる今日の予定の半分も終へずして夜の雨戸きします

不覚にも転びてしたたか顔を打ちみるみる紫のあざ広がれり

紫のあざの残れるわが顔をちらちら人ら見るにまかせつ

行き交ふる人らが見入る冷たさはわれにもあるかあるのだと思ふ

中空にぷつんと切るる虹の橋未完の小説読まさるるごと

雪

吹き荒るる木枯らしに面を上げゆけり昂るものの胸に萌しく

凍てつける夜空に三日月鋭(と)く光る孤高といふにあこがれてきぬ

歳晩に振りこめ詐欺の電話受く逃れて胸のさやぎ続くる

人通り絶えたる町にひたすらに雪降り積みて年ゆかむとす

一年の一切を覆ひ隠すごと大つごもりを雪降り続く

新米の教師のわれを見守りて励まし給ひし君の訃届く　（田淵秀義先生）

二年間一人も中退者出さざりし定時制高校に己れを賭けし

北風に身をさらしつつみ柩の出でゆき消ゆるまでを見送る

追浜（おっぱま）の浜に干されし新わかめ湯通しすれば磯の香立ち来

花冷えの厨にくさめ放ちつつ緑みづみづしき蕗の皮剝く

Ⅱ（二〇〇七年～二〇〇八年）

柱時計の音

農家にて求めし太き大根をぶらぶら下げて秋の野帰る

顔洗ふ水は冷たししやつきりと背筋のばして冬迎へむか

傷つけし掌(てのひら)一日痛みをり生きてゐることの証となりて

薬缶の湯たぎる音俄かに耳につく埒なきことを思ひつつゐて

隣席の女の咳に断たれたる思考つながらず電車に揺らる

きれぎれに灯ともす家の続く路地コートの衿を立てて通りぬ

百余枚の賀状手書きにせむとして師走の夜夜(よよ)を机に向かふ

修理せし柱時計の音やさし手仕事とめて刻数へをり

夢

五十年経ても互みに夢語るこの友二人との今宵の食事

十代のころの夢未だ抱きゐる六十代の友二人ゐる

高校の校舎の壁に凭れつつ三人(みたり)で夢を語りしかの日

ひたすらに生ききし半生いつしらずわが夢はとうに潰えてゐたり

少女期に戻りて語らふ三人(さんにん)の背負ひきしもの軽くはあらず

如月の冷えまさりくる夜の道語り足らざる思ひに歩む

画家の道歩みゐる友のこの秋の個展に三人の再会約す

弥生花粉月

目深帽にマスクとジャンパー花粉症のわが出で立ちは犯罪者なる

やる気なき無気力なるを叱りつつ己れ許して三月過ぎぬ

踏み潰しかけて慌てて足を引く茗荷の新芽が土を割りゐる

筍を茹でたる香りの満ちみちて厨に遅き春は来たるか

雑用に過ぐるひと月枝伸ばす柿は二階のわが窓を越す

ぽつかりと予定抜けたる一日を厨にことことシチューを煮こむ

一杯（ひとつき）のかりん酒に酔ひて身の弾む楽しきわれにわれの驚く

学生になりて学びゐる夢を見つ覚めてしばしの胸のときめき

奥日光五色沼・木曽駒ヶ岳へ

奥山を分け入りて立つ沼のほとり息をしてゐるわれの小さき
（奥日光五色沼）

ネッシーでも現はれさうと岩に立ち見つむる群青の沼の静けさ

小波も立たず茄子紺と濃緑といくへもの色に静もる沼面

すがすがと心の澱のぬぐはれて明日やることに思ひ向きゆく

雲一片彼方に動かず台風の過ぎたる山の冴えわたる空

山の端に雲は動かず峡の村は強き日射しにきらめくばかり

岩肌のむきだしの木曽駒仰ぎつつ山への畏れ胸にわきくる

（木曽駒ヶ岳）

岩石を踏みしめ登る木曽駒のその頂に今ぞ立ちたる

帯状の靄まとひたるアルプスの山並みは藍のいただきを見す

天地(あめつち)の境に身を置き言葉なきわれに射しくる光まぶしむ

谷深く渓流たぎる音のみの響きてきたる山肌を行く

この路地

暑き季は暑きがよしとみづからに言ひ聞かせつつ日盛り歩む

物一つ動くものなきま盛りの夏の野面にくるめく光

突然に激しく降りくる雨音に埒なき物思(ものも)ひきれいに消さる

いらいらと心の渇き覚えくる机に向かはぬ日日の続きて

子供らの声せずなりて久しかるこの路地しんと暮れそめてゆく

また一人訃の報届く静かなるこの路地住み人減り続けゐる

新宿の高層ビルに囲まるる空にぽつかり満月の浮く

空を見る人などをらず華やかに行き交ふ人群を月が見下ろす

はたけども取り逃したる秋の蚊に食はれし顔よ木犀香り来

哀悼

正月の十日に急逝したる君「今年も元気に」と賀状にはあり（早船さん）

二十日前会ひたる君は艶やかな顔に新年の抱負語りし

最後とは知らで一刻語り合ひし時間は重き思ひ出となる

亡き人のとぎれとぎれに現はれて暮れゆく空に半月冴えく

雪のやむ朝空まぶし生かされて今あるわれよと日を仰ぎ立つ

九十五の伯母編みくれしマフラーを巻きて出できしこの夕闇に

山の上に古き社の反り屋根のおぼろに現はれ霧走りゆく

大方のニュースに驚かなくなりしわれと気づける時代を怖る

雨風の止みたる気配に外見れば三日月の鎌中天に鋭し

わがたつるくさめする音一人居の部屋に響きて夕べ静けし

Ⅲ

（二〇〇九年～二〇一〇年）

閉店の挨拶

顔知らぬ住人が増え住み古りし路地に挨拶交はさぬもをり

先住者の愛でゐし柿の木新しき住人は伐りぬ落葉厭ひて

じたばたはすまじと思ひ仕事半分残すをゆとりと諾ひてゐつ

今日すべき事の半分見送りてゆるりと過ぐる時間に漬かる

待ちゐたる電話一つがかかり来ず勧誘電話のみ入りくる午後

やはらかき声にて我の名を呼ばふ君に逢ふ日のわが薄化粧

閉店の挨拶の紙一枚が行きつけのスーパーに突如貼られつ

「売り地」なる看板急に目立ちくる師走のわが町人影あらず

開発に取り残さるるこの町を時雨まじりの風吹き抜くる

ドリームコースター

出できたる三十年前の文の束焼かむとしてはまたしまひこむ

人前に長らく喋り続くるに気づきて兆すわが嫌悪感

夕立のやみて向かひの白壁のひと所明かし雲間漏る日に

くり返す思ひ断たむと立ち上がり厨に菜切り包丁握る

千六本リズムよく刻みつづくればいつしか胸も弾みてきたる

もぎたてのトマトにさくりと歯を当つれ日の温もりの口に広がる

舗装路にわが濃き影の短かり一本道には人影もなし

幼抱き乗れるドリームコースター幼より高き悲鳴をあぐる

もう一度乗りたいと幼にせがまれてドリームコースターに三回も乗る

富士山

精進湖を隔てて見ゆる黒き富士ずしりと大きくわが前に立つ

飛魚（とびうを）の形の吊し雲一片富士を突き刺す姿に浮かぶ

大鷲の形の雲が黒富士の頂つかみどつかと動かず

水面にめぐりの山の紅葉を逆さに映し西湖静もる

ずぶずぶと落葉に靴をめりこませ木もれ日の射す山路をたどる

露天風呂に身を沈めつつ朝焼けの色変りゆくさまに見惚るる

空家目立つ秩父の山路摘まれずに実の朽ちゐたる柿の木多し

山峡の傾きかけし廃校の教室に子らの絵貼られしままなり

田無東大農場

たて続けのくさめ止まらず如月の氷雨窓打つ一人の部屋に

いくたびも帰省に乗りしブルートレイン今宵映像にラストラン見る

黄緑の柔らかき葉をつけそむる灌木林に日は踊りくる

乾きたる畑の土を黒ぐろとしめらせ春の雨は音なし

咲きみつる桜見上ぐる人もなく東大農場にわが一人立つ

農場に駝鳥四羽が悠然と立ちて桜の吹雪浴びゐる

ブランコを漕ぐ子が一人砂遊びする子が二人の春の公園

草土手に寝ころべば視野に入りくるは淡き青色の春の空のみ

ワンルームマンション幾棟も建ちゐたり雑木林の毀たれし跡

苗場山へ

小型バスの分け入る山路六月の緑ざわわとかぶさりてくる

急坂を登りきりたる目は捉ふ苗場湿原きらめきゐるを

ちんぐるま、深山龍胆(みやまりんだう)、いはかがみこの湿原に一斉に咲く

遠く霞むアルプスの峰に入りつ日が赤にじませて消えてゆきたり

深更に目覚めて山小屋出でてみれば空に光りたる幾百の星

真夜中の湿原闇濃く広がれる真上に満天の星がきらめく

黒ぐろと広がる湿原に一人立ち満天の星を息つめて見る

またこれで半月介護を頑張らむ帰りのバスに呟く声す

東京の空

年の瀬の澄みわたる空一年の悔いも痛みも吸ひこみくるる

夜干しせる洗濯物のかちかちに凍りゐて明くる空は明るし

山手線跨ぐ高架の橋上より仰げる空の意外に青し

東京の空かくまでも澄みたるか正月三日間ののどけさ

北風の吹き通りゆくホームより秩父連峰きはやかに見ゆ

指の棘痛みて取れず心にも棘一本がささりをりしか

あれこれを流してしまへば気も楽になると思ひつつまた反芻す

ひと言も物言はず買物すましきつスーパー一軒をひと巡りして

翁草

千五百メートル越ゆる信濃路の山を翁草に会はむと登る

地元にて保護してゐるとふ翁草会へないかもと案内人はいふ

頂上の平地に二本辛うじて翁草見つ枯れ葉の陰に

枯れ草を敷ける囲みの中に咲く翁草を盗む人あると聞く

灰色の枯れ葉に囲まれむらさきの小さき蕾を持つ翁草

翁草は絶滅危惧種触るるなと言ひ合ひながらカメラに収む

翁草をちごちごの花と空穂詠めり可憐なる花を目に焼きつくる

おくるみに包まれたる稚児のやうちごちごの花とはよくぞ言ひ得し

尺八

雑念は抜けざるままに日の高き庭に出できて雑草を抜く

温度計三十八度を超す日なりま青なる空に遠雷響く

母看取り父を看取りし日日遠し母が生きたる齢を越えぬ

傘持たずうかつに出できしわれを打ち笞打つごとき雨の激しさ

肌にまで浸みくる雨に打たれつつやがて爽快になりてきたりぬ

テレビ消せばにはかにしんと雨の音雨の匂ひの著(しる)く立ちくる

斯くすれば斯くなることと知りつつを同じ過ちまた繰り返す

新宿の駅前抜けむと歩みきてふいに尺八の澄みたる音す

久びさに聞く尺八の懐かしさ足とめ一曲終はるまでを聞く

黒き衣装に身を包みたる青年の吹く尺八は心満たしむ

何十年ぶりに聞きたる尺八か日の射す部屋に父は吹きゐし

胸内に今聞きにける尺八の音色響かせ人混み歩む

Ⅳ

（二〇一一年～二〇一三年）

深夜の風呂

元日の机に向かひ姿勢正しまづは鉛筆二本を削る

今日こそは雑用全て片付けむ気合ひを入れて身仕舞ひをなす

あれこれと手をつけながらつづまりは散らかしたるまま夕刻迫る

何するとなく一日は暮れ果てて遅き出の月が中天に浮く

柱時計三つ鳴る音を耳にして深夜の湯舟に手足を伸ばす

小間物屋雑貨屋消えてコンビニの目立つわが町寒々歩む

がうがうと鳴り渡りゆく風の音睦月の空は果てなく高し

真正面より吹き続けくる北風に向かひて歩む鬩（せめ）ぎあふ音

大台ガ原

妻求め鳴く鹿の声ひゆるるると大台ガ原の霧より響く

霧雨の中を四時間歩みたる高原は獣（けもの）の匂ひこもれり

ひと月に三十五日雨降るとふ高原は霧雨に今日も包まる

台風に倒れし木木が笹原に朽ちたるままに続く高原

その昔の伊勢湾台風の爪あとの癒えざるままの高原といふ

濃霧走り視界閉ざさるる高原を細き木道をたどりて歩む

きれぎれに霧走りゆき白き肌に葉のなき立木の群が現はる

東日本大震災

がたがたと音たて日本が壊れゆく自然をなめゐしわれらと思ふ

容赦なく自然はわれらを叩き潰す人の無力を思ひ知らさる

無差別に鉄槌落ちたり身代りになりし犠牲者にただ頭を垂れる

犠牲者は私だつたかも知れず他人ごとならずと受けとめてゐつ

松本にゐたるが故に直接に少しの被害も受けざりわれは

慎ましく傲らず足るを知りゐたる日本人にわれら戻らな

腑抜けたるごとく過ぐしぬ震災の惨状映すテレビ見る日日

死者の数（かず）日ごとふえゆく囲み記事胸に痛みの朝ごとにくる

照明の減りたる新宿地下街をよぎりぬ知らぬ街をゆくがに

遅雪（おそゆき）の舞ひ落つる日を被災地はいかがならむと思ひてゐたり

復興の工事に群がる利権屋が蠢くとふ記事を読みて悲しき

夏野

ぎらぎらと日の射す道に息一つ大きく吐きて踏み出さむとす

われ生きて今ここに在り真盛りの夏の野に立ち眼（まなこ）まぶしむ

するすると身をくねらせたる太き蛇が石垣に消え草の香残す

ちぎれ雲小さき魚の形なしあまたの鰯が夏空泳ぐ

いつの間に雨止みにしか中天にほのかに白く半月にじむ

畑中の道はおぼろに白みきて月に魂（たましひ）を引き抜かれむか

バス停に迎へくれにし母想ふ腕を組みつつ月夜を帰りし

ともしびの点らぬ家に入らむとし振り返り見る朧半月

いくたびも整理をせむと思ひつつがらくたの山を積みあげて住む

己が家に置けざる物を次次に持ちこめる子を拒めずにゐる

信濃松本

なだらかな斜面に棚田広がりて稲刈る一人の姿が見ゆる

万葉集成れる前よりありしとふ古き社の松籟の音　（松本・岡田神社）

神殿のかたはらの石に腰下ろし松籟の音に心ゆかしむ

野焼きする畑中道を列なして幼稚園児の黄の帽子ゆく

柿の実のたわわに実る家続き信濃の秋の夕暮れ迫る

指一本立つる園児ら赤とんぼ止まらせむとて息ひそめ立つ

積雲が笑ひみるみる象になる高き秋空に広がる魔術

丘の下に見ゆる町並み秋の日に輝きながら静もりてをり

人前に顔を繕ひにこやかに笑顔をみするわれに疲れく

おせち料理

朝の卓に柚子湯一杯飲み干して口にほのかなる香り愉しむ

例年のとほりにせねばとひたすらにおせち料理を作り続くる

厚き雲の真中にぽかり穴のあき日が覗きくる正月三日

乗客は十二、三人の昼の電車われ以外はみなケータイ見てゐる

シャッターの下りたる店の続きたるわが町寂れ見捨てられしか

雷鳴の轟くかなた黒雲の少しく切れて真青なる空

心やりのすべも持たざり冷えまさる厨に大根刻み続くる

消極的か真面目か否（いな）否ぐうたらと改めて眺む鏡にわれを

入れかへし青畳の香のする部屋に大の字になり寝ころびてみる

義弟逝く

二月（ふたつき）を病院に泊まり看取りせし妹はたんたんと夫の死告ぐる

人知れず泣きけむ妹二か月の夫の介護に悔いなしといふ

ミニトマト丹精したるを摘みくれし義弟想ひをり初七日の席

張りつめてゐたるが一挙に砕けしか初七日に妹は大泣きに泣く

骨つぼに入りたる義弟に別れなし帰りくる道に満月冴ゆる

喧嘩相手なくせし妹寂しからむ夜の電話に長くつき合ふ

妹の長き繰り言聞き終へし深夜の床にわが身縮まる

左手首骨折

三日留守にしたる間(あひだ)に庭の柿新芽をもちて盛り上がりゐる

坂道を滑りて手首骨折す左手使へぬわれを叱咤す

左手を使へぬままに庭の木の剪定なさず伸ぶるにまかす

思ふままに己れをさらし吠ゆる人うとましと思ひ羨(とも)しとも思ふ

このやうな顔も人らに見せゐるや気づかぬうちに撮られしスナップ

会議室の外にあふるるさ緑に照りつ翳りつ日射し動くや

向かひ家の屋根よりむくむく現はるる大き白馬(はくば)の形せる雲

茜色に染まる薄雲一面に広ごり今日もゆつくり暮るる

左手の使へぬままに皿の数減りたる食事が日日続きたり

遠富士が冬には見えしこのバス停視界をふさぎ家建ちゆけり

蜥蜴

青きしつぽ光らせ今年初見えの蜥蜴（とかげ）はゆつくり庭をよぎれり

秋の日のきらめく朝をあれもせむこれもせむとてかけ声かくる

竿売りの甲高き声流れくる晴れのきはまり秋日射す午後

腰重き己れを自覚す今日ひと日何を為ししか何もなさざる

日を時を切られし雑事やり終へて僅かばかりなるこの充足感

しばらくを窓越しの月と相対す呆けてやがて無心になりく

雨音をしみじみと聞くテレビつけず一人の部屋に耳すましゐる

教へ子に囲まれながら飲めぬ酒にほんのちよつぴり口つけてみる

V

（二〇一四年～二〇一六年）

歳末から新年へ

ばたばたといつも駈け足してゐしと久久に会ふ友に言はれき

この年も駈け足しつつ過ぎ来しやカレンダー最後の一枚はがす

打てば響く音が返りてくる如き寒夜の空に星増えきたる

元日の東京の空は澄みわたり秩父連峰近づきくるや

原発のごみ処理もならずこの地球汚し続けて生き継ぐわれらか

丘の上の公園墓地に冬の日はあまねく射せり義弟一周忌

黒土より直ぐに咲きたるごとく見ゆ落ち椿一輪いきいきとあり

歳末の雑事に追はれ夜を徹しのびをして見る朝焼けの空

通り雨

通り雨ぱたりと止むや今まさに沈まむとする入り日きらめく

するすると幕上がるがに雨のやみ赤き日輪現はれ出づる

通り雨に打たれし街路樹いつせいに滴きらめく射しくる夕日に

襲ひくる藪蚊の群を手に払ひ梅雨の晴れ間を草むしりする

いくらかは綺麗になりしか一時間ときめて雑草抜きたる狭庭

街路樹の丈高くなり街並みの豊けくなりし若葉明かりに

稲妻の走るや雷（らい）の響きわたる畑中道をひたすら駈くる

黒雲のみるみる広ごり逃げ場なき一本道に襲ひくる雨

突然に降りくる豪雨に打たれきて身の爽快なる気分になりぬ

純白世界

わが庭の汚れも全て覆ふ雪この束(つか)の間(ま)の純白世界

人踏まぬ雪の上選りて歩みゆきわが足跡を振り返り見る

雪やみてしんと物音とだえたる路地に穏しき日が射してきぬ

いつせいに雪かきにみな出できたり常深閑とせるこの路地に

雪のなき地に育ちたる故ならむ仔犬のごとく雪にとび出す

雪道を走りて滑り顔打てり子には内緒の腫れしわが顔

花の鉢並ぶ

剪定をなしたる柿の古枝に小さき新芽のふくらみてくる

人の居ぬ公園にブランコ見つくるや早速乗りて高く漕ぎたり

子と並びブランコ漕ぎしはいつなりし群青の空ぐいと近づく

住み人の老いづきてきしこの路地に競ふがに花の鉢並べあふ

夕暮れをみな急ぎ足に帰りゆく待つ人なけれどわれも急げり

ピアノ弾く拙き音が流れくる迷ひこみたる細き路地裏

この道をたどりて行くにまたけくも桜木あらず根こそぎあらず

桜木を切りたる跡地は駐車場になりて車が並びてをりぬ

満月の傍へに光るは火星とぞ四月の夜空に馳せゆく心

初鰹たたきにしたる大皿をひとりの膳にのせて豊けし

梔子につく青虫が新芽食ぶ日すがら捨つる八十余匹

開通をしたる道路の白じろと伸びたる先の空の夕映え

年ゆく

薄雲を洩れて射しくる朝の日はすがるる冬の庭にたゆたふ

髪押さへ胸を押さへて北風にま向かひ歩む会終へてきて

新年こそやる気出すぞと呟きて古きカレンダー壁より剝がす

新宿駅の線路の際にリンゴ一個転がり元旦の日を浴びてゐる

三叉路に鼻欠けいます古き地蔵供ふる花の絶ゆる時なし

どうでもいい何とでもなれきざしくる投げやり心持て余しゐつ

今日ひと日怠くると決め買ひきたる弁当食ぶるまづき夕飯

空家(あきや)多く物音もせぬこの路地に穏しき睦月の日は暖かし

青虫

四、五日を庭に出ぬ間に伸びてくる草の命の強きを引き抜く

青虫に新芽食はれたる梔子にまた新しき芽生えを見つく

三年をかけてやうやく芽の伸びし梔子にまた青虫群がる

盛りあがる緑の上の青き空生きてゐるぞと挙突き上ぐ

汗ぬぐひ歩めば四方より蟬時雨さらに激しく鳴きとよもせり

連休のわが町静けし盛りあがる木立の緑の息づく香り

後継者なしとぞ菓子屋も布団屋もつぶれて空き店続くわが町

藍深く秋めききたる高き空雲がゆるりと北へ流るる

秋の日の深く射しくる部屋に座し何思ふなく頬杖を突く

あちこちに布団を叩く音響く雲一つなき秋晴れの午後

修繕をせし柱時計父ははを思ひ出させて澄む音立つる

人影のなき公園にわれひとり上弦の月の真下に立てり

再び気仙沼に

この春に来て見しよりは気仙沼の港に船はややふえきたる

夜明け前に港出でゆく船の灯が気仙沼港に揺らぎてやまぬ

山上に出でくる朝日を待ち受けて明けくる港に目をこらしゐつ

現はるる朝の日ざしに気仙沼の港はぱつと活気づきくる

この海が津波となりて襲ひしか穏やかに静もる目の前の海

かさ上げの土盛りしまま建物の姿はあらず旧市街地は

仮設されしさかな市場に同行の人らと持てるだけの魚（うを）買ふ

臘梅の香

しつとりと湿りを帯ぶる霧降の高原のもみぢの深き紅(くれなゐ)

雲海を見下ろしをれば濃き霧のたちまち全てを消して流るる

強風に息をつめつつ冬の日の射しくる道に泥(なづ)みて帰る

闇の濃き夜の道来ればいづくよりくるか臘梅のほのかなる香は

歩みゆく身にまつはりて臘梅の香りは動く闇深き道

何の芽か分からず鉢よりつんつんと伸びくる緑に水注ぎやる

戸を鎖さむとしたる手を止め浮かびくる月の明りに全身さらす

年齢とは言ひたくなし分からぬはこの文が悪しと謗りてをりぬ

評論の頁を広げたるままにいつしか机に突つ伏してゐぬ

筋道の通りたる評論なつかしむ小林秀雄や丸山真男

あの時はかういふ心算だつたんだ父の言葉を思ひ出づる朝

法事には虎屋の羊羹買ひてこむ父の最も好みたるもの

朝明けの空に半月淡く光りそのままでいいよと囁きくるる

廃校

ゆたけくも子ら遊ぶ声響きゐし小学校が閉校するや

老翁の押しくる古き乳母車ちよんと乗りゐる老いたるチワワ

わが町は子供の数よりペットの数多しとぞ聞くさうかもしれぬ

マンションの日あたり悪しと百余年超ゆる槻(けやき)の大木伐らる

ぎぎぎいと槻切る音大木のあぐる悲鳴がつぶさにきこゆ

連休のわが町並みに湧きたちてさらさらと鳴る風が吹きゆく

夕暮れてくる茜空雲切れてあはひに見ゆる澄める青色

梅雨の雲重く垂れこめ動かざる空の一ヶ所にくれなゐの射す

気がかりを一つ心に持ちしまま秋のひと日の終はらむとする

灰色の雲がちぎれて流れゆき丸い夕月が顔を出だせり

廃校の校舎はしんと立ちてゐぬ如月の夕べ暮れゆく早し

子らの声響きゐし学校廃校となりて一年（ひととせ）そのままに立つ

山崎方代の生地

甲斐の国の山峡の路走るバス窓に新緑迫りてきたり

あの辺に南アルプス見ゆるはずと言はれし方（かた）の霞立つ空

方代の生地を訪ね家もなき更地に伸ぶる雑草を踏む

方代の生地の後ろの丘に立ち広ごる甲府盆地を眺む

実を三個残して採りしとふ方代の歌碑にかぶさるその柿の木は

幾重にも新緑重なる公園に薄日の射して木の香の満つる

甲斐の国の旧街道に人はなし初夏の日射しのみきらめきてゐる

たつぷりと時間をかけて鉄鍋に湯気立つる餺飩(はうたう)食べつづけたり

変はりゆく町

朝夕に歩きなれたる雑木林消されてしまひぬ宅地になるや

小さき家十余軒ひしめき建ちゆけり道の並木は次次消さる

土手草に座して晩秋の日を浴びむ人影のなくわが好む場所

洗濯物部屋に吊しし中に座す雨音さらに激しくなりく

大雨の束の間晴れて雲動く真中に大き虹現はれぬ

国会を囲める安保反対のデモの映像応援しつつ見る

セールスの粘る電話の長引けばこちらより切り吐息をつきぬ

三年前買ひしパソコン手もつけず横目に見ては鉛筆削る

二十代によく来た店はこの道か本の匂へる古書店街は

この辺は変はつてないなと神保町古書店街に歩みをゆるむ

わが町にありし本屋の三軒が潰れてしまひぬ布団屋と共に

三十分歩きて駅まで行く道に本屋はあらず接骨院三軒

高層のマンションばかりが建ちならぶ駅前通りに違和感覚ゆ

この通りかつてはパン屋時計屋とつづきてゐたる面影はなし

駅はさむ大きスーパー二軒にて生活用品すべて整ふ

一言（ひとこと）も物言はざりきスーパーに買物をすませ帰りてくるに

淡き月

たて続けにくさめ大きく放ちつつ家に籠れりこの花粉月

近隣に響きわたるがにするくさめ十連発も稀にはあらず

例年よりきびしかりしかひたすらに花粉とばぬを祈りて蟄居す

しよぼしよぼと目をしよぼつかせマスクして夕べは出づる買物がある

小春日の空眺めつつ布団干すか干さぬか思案す花粉のゆくへ

靴箱のすみに置かるる登山靴この花粉月に出番はあらず

熱の出るインフルエンザよりましか花粉症かかへて三月過ぐす

花粉には敏感にわが反応す頼りにならねど生きゐる証(あかし)

木末（こぬれ）より離れて大き満月は瑠璃紺の空に姿見せくる

月光にわが胸もとは貫かれ満月に向き羽ばたかむとす

薄雲をまとへる中天の月淡し深夜の町をやさしく照らす

あとがき

この『淡月』は、『柱時計』、『山頂の星』に続く私の第三歌集になる。二〇〇四年から二〇一六年三月までの作品の中から、四一八首を選び、編年体で五章に分けてまとめた。歌誌「まひる野」誌上に発表したものがほとんどだが、他に発表したものも、いくらか入っている。一千首近い歌の中から拾いだしてまとめたものである。

第一歌集の『柱時計』は、私がまだ現役で高校に勤めていた頃に出版したもので、職場詠が多く、活気のある歌が多かったか、と思う。第二歌集『山頂の星』も、出したのは退職後だったが、内容は現役で勤めていた頃に詠んだ歌が多かった。

しかし、この『淡月』は定年退職してからの歌ばかりである。仕事を辞めてから詠む歌は、見る影もなくなっていることが多い、と聞いたが、私もその類ではないかと、第三歌集を作ることに少々躊躇もしてきた。

しかし私は、勤めを辞めてからの方が、忙しい生活になっている。地域のボランティア活動に加わったり、所属する会の仕事があったり、松本に住む長男の所から、何かにつけて呼び出しがかかったりと、雑用に追われる毎日である。こうした小刻みでばたばたした日常をきびしく見直すためにも、思いきってまた歌集を出すことにした。

歌稿をまとめるにあたっては、お忙しい篠弘先生に、歌集の原稿のお目通しをお願いしたところ、先生は快諾して下さった。

その上、実に丁寧に、一首一首を見て下さった。駄目な歌は、ばしばしと削られ、安易な表現は厳しくチェックして下さった。身が引き締まる思いがして、自分の歌をじっくり読み返す機会ともなった。少し歌作に慣れてきて、安易に歌を詠んだり、同じような調子の歌が多かったりしている。自分では自覚しないまま、そんな歌をかなり詠んでいたのだ。いったい、歌をどう思ってきたのか、何年歌を詠んできたのか。

私が歌を作り始めたのは、三十代の後半になってからである。学生時代の恩師である窪田章一郎先生にお出しした一枚の葉書から、歌の道に入ることになった。

章一郎先生がご病気で倒れられた一か月前、最後にお会いした時、「歌は叙事ではない、抒情なんだよ。行き詰まったら、万葉集を読み返してごらん」と言われたことが忘れられない。

それなのに安易な表現で、日常の小世界を詠んだり、愚痴っぽい歌を作ったりしていたのだ。改めてまた、歌稿に手を入れたり、歌集をまとめ直すのに四苦八苦することになった。厳しく私の歌をチェックして下さった篠先生に、深くお礼を申し上げる。
私も初心に返って、これからの歌を心して詠んでゆきたい。『淡月』がその礎になってくれたらいいと思うのだが。
また、「まひる野」の誌上だけではなく、ご病身でありながら、地元の田無短歌会をご指導下さった橋本喜典先生をはじめ、「まひる野」の先輩達や歌友にも感謝申し上げる。
今回、この『淡月』の出版をお引き受け下さった砂子屋書房の田村雅之様、装本をお引き受け下さる倉本修様にも、深くお礼を申し上げます。

平成二十八年四月二十六日

西尾芙美子

まひる野叢書第三三七篇

歌集　淡　月

二〇一六年七月一日初版発行

著　者　西尾芙美子

東京都西東京市中町一―八―二四（〒二〇二―〇〇一三）

発行者　田村雅之

発行所　砂子屋書房

東京都千代田区内神田三―四―七（〒一〇一―〇〇四七）

電話　〇三―三二五六―四七〇八　振替　〇〇一三〇―二―九七六三一

URL http://www.sunagoya.com

組　版　はあどわあく

印　刷　長野印刷商工株式会社

製　本　渋谷文泉閣